젖은 국수

젖은 국수

발행일   2021년 9월 1일

지은이   주민규
펴낸이   손형국
펴낸곳   (주)북랩
편집인   선일영   편집   정두철, 배진용, 김현아, 박준, 장하영
디자인   이현수, 한수희, 김윤주, 허지혜   제작   박기성, 황동현, 구성우, 권태련
마케팅   김회란, 박진관
출판등록   2004. 12. 1(제2012-000051호)
주소   서울특별시 금천구 가산디지털 1로 168, 우림라이온스밸리 B동 B113~114호, C동 B101호
홈페이지   www.book.co.kr
전화번호   (02)2026-5777   팩스   (02)2026-5747

ISBN   979-11-6539-946-7 03810 (종이책)   979-11-6539-947-4 05810 (전자책)

(주)북랩 성공출판의 파트너

북랩 홈페이지와 패밀리 사이트에서 다양한 출판 솔루션을 만나 보세요!

홈페이지 book.co.kr   • **블로그** blog.naver.com/essaybook   • **출판문의** book@book.co.kr

작가 연락처 문의 ▸ ask.book.co.kr

작가 연락처는 개인정보이므로 북랩에서 알려드릴 수 없습니다.

젖은 국수

주민규 시집

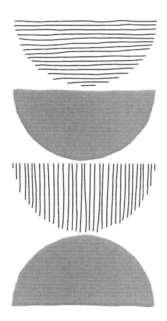

북랩 book Lab

세상이 궁금하면 세상 속으로 들어가야 하는데 그전에 내가 누구인지부터 알고 싶어서 산으로 들로 무리에서 떨어진 들개처럼 쏘다니다가 산등성이에서 나비 두 마리를 만났다.

장자에게는 평화를 파피용에게는 자유를 꿈꾸게 해 준 나비가 내 마음 속에서 또 다른 나비로 살아 숨쉬고 있더라.
그 나비로 수십 년을 산다.

평생 일탈을 꿈꾸면서 살았는데 어쩌다가 들른 서점의 매대에서 죽어가는 시집들을 보고 가엾게 죽어가는 인문학을 이대로는 보낼 수 없어서 펜을 들었다.

첫 번째 시집으로 이 세상에 나왔으니 두 번째 시집으로 홀가분하게 내가 하고 싶은 말을 한다.

전문 작가가 아니라서 어색하지만 이렇게라도 해서
내가 꿈꾸었던 세상이 사라지는 것을
조금이라도 더디게 하고 싶다.

대부분의 시간을 무리 짓지 않고 홀로 살아온 세상에서 평범
하게 살아 가는 꿈을 꾸면서….

어차피 세상은 제멋대로 가겠지만 사람들이 이 시집을 보고
용기를 얻어서 더 많은 사람들이 글을 쓰고 출간하길 바란다.

/ 목차 /

연두

연두는 지금 어디쯤 가고 있을까

아직 이 계절의 끝 어딘가에서
망설이고 있을지도 모르는 연두에게

다시 오라고 다시 돌아오라고

푸른 하늘에
소리라도 쳐볼까

돌아오면
다시는 이렇게 쉽게 보내지 않을 것이라고
뒤따라갈 초록에게 전해 달라고 부탁이라도 해볼까

설레는 마음만 알게 해주고 소리도 없이 가 버린
연두는 지금 어디에 있을까

첫 번째 이별

좁은 골목들이 거미줄처럼 이어져 있는
으슥한 곳에 숨어서
첫 번째 이별을 하는 두 사람이 있습니다

한 번도 해보지 못한 것을 하는 것은
언제나 어려운 것인가 봅니다

눈물을 언제 흘려야 하는 줄도 모르고
어색한 감정을 표현할 줄도 몰라서

서로 제대로 바라보지도 못하고
땅이랑 하늘만 번갈아 바라보는 노란 병아리 두 마리를

지붕 사이에 숨어서 몰래 지켜보고 있던 바람이
성급하게 마른 바닥으로 내려와서 먼지를 일으킵니다

말소리는 하나도 들리지 않는데
철없는 바람의 몸짓만 부산거리는 작은 공터

어차피 두 사람은 갈 곳이 없는데
바람은 모르고 있나 봅니다

차라리 소용돌이가 더 커져서 두 사람을
한 번도 가보지 못한 언덕 너머로
데려가 주면 모르는 척 따라 갈 것인데 말입니다

해는 이제 넘어가려고 하는데
어른들은 모르는 골목 안 좁은 아지트에는
채근거리는 바람과 아직도 어색한 두 사람이 서 있습니다

젖은 국수

국수가게 안에서는
젖은 국수를 팔고 있습니다

미닫이처럼 닫혀 있는
하얀 국수커튼을 밀고 들어서면

물에 젖어서 두 배나 몸을 불린
국수가 가마솥 옆에 자빠져 있다는 것을
나는 잘 알고 있지만

끊임없이 하얗게 쏟아져 나오는
마른 국수 가락만 응시하다가

젖은 국수 오십 원어치를 주는 대로 받아서
주인의 눈초리를 피하면서
하얀 막을 반으로 가르고 얼른 나왔습니다

어디서 주워 온지도 모르는 솥단지 속으로
젖은 국수에 딸려 들어가는
하얀 마른 국수 몇 가락이 안타까워서
나는 속이 타들어 가는데

배 속에 들어가는 것보다
입에 들어가는 것이 얼마나 소중한지를 모르는
어른들 속은 도무지 알 수가 없습니다

내일도 국수가게 밖에서는
변함없이 마른 국수 가락이 휘날리겠지만
나는 애처롭게도 젖은 국수를 사러 가게 안으로 들어가야만
할 것입니다

군둥내 나는 김치밖에 없는 밥상
젖은 국수 무덤 속에서 마른 국수 한 가닥을 찾아서
입에 넣습니다

공술

모두 돌아가 버려서
더 이상 맞술해 줄 사람이 없는 술자리

주모의 싸늘한 눈초리를 피해서
술청 끄트머리로 도망간 술잔 하나가

파리 한 마리도 앉지 못할 것 같은 모서리에서
공술 마실 궁리를 한다

아침에 면도를 하지 않은 것이 다행인지
오랜만에 머리를 감고 나온 것이 다행인지
아직은 알 수 없지만

요즘 들어 부쩍 침침해진 눈을 자주 비비면
다행히 우수에 잠긴 중년으로 보일 수도 있겠다

술에 취한 척 은근히 주모에게 다가가서
묻지도 않은 사연을 무성 영화의 변사처럼 토해낸다

혼자 마시는 술은 늘 고독하기만 하고
하는 사랑마다 어긋나서
거덜 나 버린 내 가슴은 누가 위로해 준단 말인가

찾으면 도망가고
찾아오면 숨어 버려서
내 마음을 내 마음대로 하지도 못하는데

찌그러지고 기울어진 세상
공술마저 없으면
어이 살란 말이오

여보게 주모,
술이나 한잔 사주지 않겠소

골목

언제나 올려다보아야만 보이는
골목의 끝 하늘이 오늘따라 더 멀어 보인다

하늘을 향해 오르는 계단 밑에서
숨을 고르다가

한 손에는 노동을
한 손에는 빵을 들고
고단한 몸을 두 다리에 의지한 채
전봇대 그림자를 밟으면서 천천히 계단을 오른다

보잘것없지만
내 안에도 보고 싶은 사람이 있고
사랑하는 사람도 있다고 혼잣말을 해 보지만

허투루 만들어진 계단은
이곳에 적을 두고 사는 사람들의 신상을 알고 있기 때문에

이 골목에서는 고단한 소리를 들켜서는 안 된다
하늘을 이고 사는 동네에서는 비밀이 없다

얼굴이 땅에 닿을 무렵
신음소리 한 번에
깨어버린 개들의 비명소리가 동네를 울리고

윗집이 더 이상 없는 골목 끝에서
대문도 없는 마당을 지키고 서 있던 아내가 그의
손에 들고 있던 빵을 밀어내고 두 손을 잡는다

마른하늘이라고 비 오지 말라는 법이 있나

골목 끝을 막아서고 있던 보름달이 반달이 되어서
검은 하늘 속으로 멀어진다

도보 순례자

처음부터 이렇게 걸을 작정은 아니었다
길도 내가 이렇게 걸을 줄은 몰랐을 것이다

사는 것이 어디에서 와서 어디로 가는 것을 모르는 일인 것처럼
이 길이 어디에서 나와서 어디로 흘러가는지 나는 알지 못한다

누구나 주어진 운명대로 살다 가는 것이 인생인 것처럼
나도 내 앞에 놓인 길의 끝을 향하여 걷고 있을 뿐

산이 좋은 사람은 산에서 죽고
길이 좋은 사람은 길에서 죽어도 된다

한기가 허기를 키우는 고독한 길
빈속으로는 천둥 치는 밤하늘이 두려울 일도 없고
이 길에서 나보다 더 크게 우는 하늘을 본 적도 없다

걸을수록 행색은 초라해지고 길은 더 좁아지지만
끝이 보이지 않는 길인데 쉬어 가면 무엇 하겠는가

삶이 내게 예고 없이 다가온 것처럼

이 길도 그렇게 내 앞에 나타나서
나를 보이지 않는 곳으로 데리고 가지만

동행으로 따라와서 나처럼 쉬지 않고 걷는 그림자가 있으니
그리 외로울 일도 아니다

지친 나비 한 마리 길가에서 꽃을 찾다가
나그네를 따라서 숲길로 들어간다

거덜 난 인생이라고 깔보던 사람들아
가난한 나그네가 지나간 길을 보라

손짓 하나만으로도 모르는 사람을 살게 하는 세상에서
당신들, 마른 꽃이라도 한 번 만져본 적이 있는가

그가 흘리고 지나간 눈물로
길가에 얼마나 많은 꽃들이 피어나는지
그대들은 아는가

고목

적막한 영토의 중심에서
세상을 누르고 서 있는 나무 한 그루

근엄한 그의 자세 때문에
하늘이 얼어 버린 탓에
구름도 흘러가지 못해서 머뭇거리고 있는데

아지랑이 같은 바람이 일어나서
이파리 끝을 건드려 보지만 미동도 없다

참다못한 새 한 마리가 정적을 깨고
적막한 영토를 반으로 가르면서 날아가는데

매미들이 울고 있는 나뭇가지에서
나무가 혼잣말을 한다

아무도 듣지 못하지만
나무는 분명히 말을 한다

모든 것이 숨어버린 이 고요한 세상에서
너는 어디에 있는 것이냐

땅이 붙들고 있는
나는 어디로 가야 하는 것이냐

나 아니면

이럴 줄 알았으면
조금 더 기다렸다가
세상에 나오는 건데

나 아니면
누가 밭을 갈고
누가 오물을 치우고
누가 노동을 하나 싶어서

아무거나 해 달라고 했는데
그래서 이렇게 사는 줄도 모르고

나 때문에

잘 먹고
병 안 걸리고
이혼 안 당하고 사는 주제에

씨나 뿌리라고
오물이나 치우라고
야근이나 하라고 생각 없는 말을 한다

이럴 줄 알았으면
나도 당초부터
대통령이나 한다고 조를 걸

천천히 나와서
애나 먹이고 살걸

칼갈이

기가 막힌다
아무도 눈길 주지를 않아

내가 갈아 먹인 자식들은 그렇다 치고
새치기를 밥 먹듯 하던 년들도

숫돌에 칼 비비는 소리를 듣고도 알은척은 커녕
죽은 줄 알았던 기둥서방 만난 기생처럼
놀라서 힐끔거리기나 하고

시장 입구에서 만난 한 년은
구라파에서 주워 온 칼 자랑을 하고

또 한 년은 신식 칼을 장바구니에 걸고 다니길래
갈아 버리고 싶어서 죽는 줄 알았어

가끔은 숫돌에 다리를 올리고 이별을 상상해 보기도 하는데
이 숫돌은 갈아도 갈아도 닳지를 않아서
버릴 수가 없네

인적이 뜸한 재래시장에서
고리도 없는 문을 붙들고 낮잠을 자던 칼갈이

우리가 갈아서 세운 역사가 천 년도 넘는데
우리가 만든 세상 우리가 버릴 수는 없다고

칼도 없이 칼을 갈면서
다시 태어나서 장수가 되는 꿈을 꾼다

여름

빈털터리로 돌아온 사람 편히 앉으라고
강가에는 파란 풀들이 무성하고

아침부터 따라 다니던 태양은
정자 끝에 걸려서 움직이지 않는데

풀밭에서 강을 그리던 사람

그 강에 돌아와서
주머니 속에 들어있는 사연을
탈탈 풀 속에 털어 낸다

그리워할 수 있는 것은 영원하고
그립다고 말하는 것은 순간이라던데

꽃보다 풀을 더 사랑하던 시절
그 바람이라도 다시 불어 주면 모를까

지나간 시절은 돌아올 수 없고
피해 갈 수 없는 것은 운명이라고
돌멩이를 툭 차고 돌아서는데

따분한 태양이 마른 고독을 데리고
따라서 일어선다

시인

눈물도 없이 어떻게 사랑을 하고
아파 본 적이 없는데 어떻게 시를 쓰나

스스로 낙엽이 되어 본 적도 없고
버려지고 밟히는 담배꽁초의 마음도 모르면서

사람 하나 울리지 못하고
사람 하나도 살려내지 못하는 시를

자위행위하듯이 쏟아내면서
시인이라고 명찰 달고 싶은가

촛불은 무엇을 밝히려 스스로를 태우고
시인은 무엇 때문에 가슴앓이를 하면서 시를 쓰는가

소주 한 병도 제대로 못 마시면서
주당을 선언한다고 술꾼 자격이 있나

시를 사랑하지도 않으면서
어떻게 시를 쓸 수가 있나

부자는 돈으로 사람을 살리고
시인은 시로 살린다

시를 쓴다고 다 시인일 리가 없다
그런대로 서너 명은 울려야 시인이지
죽어가는 사람 한두 명은 살려내야 시인이지

헛헛한 마음으로 민둥산을 오른다
아파 보지 않은 사람 시 읽지 마라

일몰

허벅지에 칼 한 자루 박아놓고
서쪽 바다로 도망가는 불덩이

너는 나만 바라보고 사는 줄 알았다
그렇게도 많은 사람들 속에서 유독
나만 더 바라본다고 착각했던 것은

너를 알기도 전에
네가 먼저 발가벗은 내 안으로 깊이 들어와서
내 몸 여기저기를 샅샅이 알아버린 탓이다

그런데도 아직 사랑이 무서운가
밤이 오기도 전에 몸을 숨기고
아침보다 먼저 찾아와서 나를 깨우던 너

나의 온 몸에 사랑투성이로 남아 있는 너의 흔적이
이제는 가슴 속 깊이 박혀버려서
아직도 나는 네가 나만 바라보는 줄 알고 산다

그렇게 뜨거운 입김으로 나를 유혹하면서도
가까이 다가오지 못하게 하려는 이유를
나는 몰랐다

말이 없는 사람은 속이 깊어서
언젠가는 말이 없이 떠난다는 것을 나만 몰랐다

심장이 녹아 버려도 걸을 수는 있지만
동맥이 끊어진 다리로는
제자리에서 울고 있을 수밖에 없다

활짝 웃으면서 멀어지는 너의 얼굴은 아직 고운데
나는 무너져 버린 가슴으로 작별을 고해야만 한다

가려거든
너만 바라보다가 빈 몸뚱이만 남은 나도 데리고 가라

그렇게 그냥 가려거든 차라리 나를 불태우고 가라

기울어진 운동장

기울어진 운동장도
한 바퀴를 다 돌고 나면 평평해지더라

나만 기울어졌다고 우울해하지 말자
오르막이 있으면 반드시 내리막도 있고

기울어진 접시에 담겨 있는 음식도
반대로 기울이면 쏟아지지 않는다

운동장이 기울어졌다고 달리지 않으면
평생 기울어진 운동장에서만 살아야만 한다

청춘이여, 반 바퀴만 더 가 보자
반 바퀴만 더 올라가서 내리막을 보자

올라가야 내려간다
기울어진 운동장에서는
올라가지 않으면 아무도 내려가 주지 않는다

청춘이여, 오르자
운동장의 꼭대기에 올라서 발을 굴러 보자

힘차게 발을 굴러서
운동장을 평평하게 만들어 보자

이 기울어진 운동장을 이대로 둘 수는 없지 않겠는가

터미널

불러서 오는 사람과 부르러 가는 사람들이
들어오고 나가는 길목

각자 정해진 숫자를 찾아 바쁘게 돌아다니는 사람들 사이로
마른 오징어들이 손님을 찾아 힐끔거린다

외로운 사람들 더 이상 고립되지 말라고
버스들이 큰 소리로 위로를 하면서 정박하는
육지 한가운데의 항구에서는

떠나지 않으면 만날 수 없고
기다리면 아무도 저절로는 찾아오지 않는다

좋은 사람을 찾아서 떠나는 사람은
떠나기 전에 누군가에게 좋은 사람이었을까

그리움을 찾아서 떠나는 사람은
살아서 누군가에게 한 번쯤은 그리움의 대상이었을까

외로워서 나선 길이지만
사실은 찾아야 할 것도 없고
있어도 찾을 수 없다는 것을 알면서도
굳이 가지 않아도 되는 길을 가는 것은 무엇 때문일까

각자에게 정해진 운명대로 살아가는 것이 인생인 것처럼
우리들, 습관처럼 떠났다가 다시 돌아오는 것은 아닐까

선운사

똑같은 옷을 입고
아카시아 이파리를 따서
너 하나 나 하나 가위바위보

똑같은 신발을 신고
오솔길 담장 밑에서

너 한 걸음 나 한 걸음 그리고
가위바위보하던 두 사람

동백꽃 찾으러 선운사에 왔다가
개울가에 주저앉아 운다

똑같이 쫄딱 늙어버린 얼굴을 알아채고
가위바위보하다 말고
물가에 주저앉아 펑펑 운다

세상에 가지고 나온 것이 없는데
왜 내 것인 줄 알았을까
우리는 무엇 때문에 이곳에 온 것일까

동백꽃 찾으러 선운사에 왔다가
잃어버린 사랑을 찾은 두 사람

선운사 동백꽃은 어디 가고
두 개의 심장만 붉게 타들어 간다

미꾸라지

모래 속을 쑤시던 미꾸라지
일손을 멈추고 생각에 잠긴다

여기저기 벼 밑동이나 옮겨 다니면서
평범하게 살고 있는 내가 왜 은둔자일까

가족을 부양하면서 잘 살고 있는
내가 왜 도망자로 규정 지어 졌을까
도무지 알 수가 없는데

지렁이들도 덩달아서
내가 도망 다니는 것처럼 보이는가

미쳐버린 줄도 모르는 것들이
허세를 떨면서 논바닥을 점령한 줄 안다

가만 보니 덜 미친 것들과 더 미친 것들이
지랄병이 났다

덜 미치면 더 미친 것들에게 잡아먹힌다
이 논에서 살려면 더 미쳐야 한다

미꾸라지가 지렁이를 낳을까
지렁이가 미꾸라지를 먹을까

바라보던 황새 한 마리
모랭이에서 머리를 쥐어 뜯는다

고랑을 점령한 지렁이
미꾸라지 굴로 들어가고

모래를 쑤시던 미꾸라지
논두렁을 타고 넘는다

비가 오면 옷을 벗고 싶다

검은 구름이 몰려 있는 우물가에
옷을 벗고 울고 서 있는 나목이 한 그루 있습니다

부끄럽지도 않은가 봅니다

개구리들이 살고 있는
우물 속을 보면서 비를 맞고 울고 서 있습니다

오늘은 비가 유난히 세차게 내립니다
악을 쓰고 울어도 아무에게도 들리지 않을
이런 날에는 개구리도 우물 안에서 더 이상 울지 않습니다

매일 우물 안을 들여다보던 나목이
비만 오면 우는 이유가 궁금해서
개구리 한 마리 우물을 타고 오릅니다

나목이 알려주는 길을 따라서 우물을 오르던 개구리
힘껏 다리를 박차고 하늘로 날아
나목의 얼굴을 봅니다

그를 보니 왠지 눈물이 납니다
우물 속처럼 땅도 젖어 있습니다

비는 우물 속에만 내리는 것이 아니었습니다
우물을 채우던 비는 나목의 눈물이었습니다

나목을 바라보던 개구리
힘껏 소리쳐 웁니다
우물 안에서 남아 있는 개구리들도 웁니다

나는 비가 오면 옷을 벗고 싶어집니다
비 오는 날 한 번쯤은 나목이 되고 싶습니다

국제서점

오늘은 서점에 신간이 배달되지 않았다

신간이 배달되지 않으면 그녀를 볼 명분이 없는데
어떻게 해야 하는지를 모르겠어서
서점 밖에서 서성거리다가

내일 다시 오라며 웃는 그녀의 아쉬운 얼굴을 들고
길 건너 육교 아래에서 육교처럼 가만히 있는
포장마차에 들어갔다

소주 한 병과 하얀 소금을 주문하고
바지 주머니 속을 만지작거리는데
오뎅 솥에서 수명을 다한 무가 탐스럽다

안주를 시키면 오늘은 그녀를 볼 수 없으니
술만 한 병 마시고 다시 서점에 가서 문고판을 한 권 살 것이다

소주 한 잔에 소금 몇 알을 털어 넣으면서
야간 행적을 고민하는데
국물을 건네던 노파가 콜록거린다

주머니 속의 지폐는 접어지고 펴지는 동안에
이미 제구실을 못할 만큼 초라해져서
사실 책을 사기에는 품위가 없을지도 모른다

미소를 지으며 연탄에 구워지는 고등어를 뒤집는 노인의
손짓에 날려온
하얀 재들이 소주잔에 떨어진다

가지고 온 그녀의 얼굴을 돌려주러 가는 길
오늘은 아직도 신간이 배달되지 않았다고 하는 그녀의 얼굴이
하얀 소금보다 더 곱게 웃는다

그녀를 보내고

누군가 부르는 소리에
바닥을 짚고 겨우 일어나긴 했는데

두 다리에는 여전히 힘이 없고
방에는 아무도 없어서 누가 불렀는지를 모르겠다

밥을 먹었던가
물은 마신 것 같은데 밥을 먹었는지는 모르겠다
허전함이 방을 가득 메운다

생각해 보니 누가 불렀는지를 알 것 같아서
또 눈물이 난다

다 흘려 버린 줄 알았던 눈물이 발등에서
바닥으로 떨어진다

그 사람은 갔는데
어딘지는 모르지만 분명히 갔다고는 하는데

나는 아직 혼자가 낯설고
매일 덮고 자던 이불도 낯설다

잘 다물어지지 않는 입술을
굳게 다물고

찢어진 이불도 아픈 마음도 달래어
옷장 속에 넣고 문을 꼭 닫는다

갈매기

하늘을 벗어나
바닷속을 날고 싶은 갈매기 한 마리
오늘도 낮게 바다를 난다

파도는 보석을 몰고 오고
갈매기는 더 낮게 날아서 파도를 낚는다

차가운 바다에 등대 불이 켜지면
갈매기는 하늘 속으로 높게 날아올라서
바다로 나간 배들을 부른다

백 년이 지나도 천 년이 지나도
이 아름다운 항구는 영원히 죽지 않는다고
소리치던 갈매기

수직으로 떨어지더니
보석을 찾아 바닷속을 질주한다

산지기

풀잎 하나 입에 물고 산등성이로
붉게 떨어지는 해를 바라본다

그 사람, 돌아오지 못할 것을 알지만
이렇게 기다릴 수밖에 없는 것은
내가 사랑했던 사람이기 때문이다

더 기다려도 된다면
기다리다가 나도 그 사람 곁으로 가고 싶은데

그 사람은 영영 돌아올 수 없고
나는 아직 사랑이 끝나지 않아서

엇갈린 사랑 때문에
사랑을 산에 묻고 세월도 산에 묻고

빈 지게로 산을 지고 나르는
고독한 산의 주인이 되어

영원히 오지 않을 사람을 기다리며
산이 되어 산에서 산다

덫

남의 땅을 갈아 먹고살아도
방앗간 허름한 일로 콩떡이나 얻어 먹고살아도

그렇게 살아도 되는 줄 알았고
그렇게 살아도 아무일 없는 줄 알았는데

방앗간은 지주에게 팔려 버렸고
지주는 소작료를 올린단다

이달에는 쌀이나 몇 되 팔아서
막둥이 새옷 한 벌 사준다고 했는데
헤벌쭉 벌어진 마누라 고쟁이도 하나 사준다고 했는데

장터에는 술잔 주위를 돌던 파리들이 지주를 찬양하면서
남의 마누라 고쟁이 속을 염탐한다

파장이다
파장이 온 것 같다

어두운 시냇가에 말 묶어 놓고
긴 풀 매듭지어 다리에 걸고 누워서
불빛 하나 없는 마을을 본다

마을을 향해 덮칠 듯 다가오는 앞산
먹다 남은 술병을 내던지고 질끈 눈을 감았다

누가 길가에 덫을 놓았느냐
누가 내 삶의 길가에 덫을 놓아 이렇게 헐게 살게 하느냐

보리밭을 흐르는 물이 술 취한 사내를 적시고 지나간다

생일

오늘은 왠지 일찍 일어나집니다

어제 분명히 과음을 했고
오늘은 늦게 일어나도 되는 이유가 있는 날인데도 불구하고
나는 이날만 되면 어린아이로 돌아가서 일찍 일어나 버립니다

어릴 적 그날에는 다른 사람들보다
아니, 동네에서 제일 먼저 일어났던 것 같습니다

쇠고기가 들어가 있지 않은 미역국 앞에서
이름도 없는 청바지 하나를 받아들고

무엇인가 더 있을 것이라고
잠자기 전까지는 누군가 크레파스를 들고 와서
축하한다고 볼에 입을 맞출 것이라고

다리 하나는 더 들어갈 것 같은 청바지를 줄이고 있는
당신의 등 뒤에서 혼자 즐거운 상상을 하곤 했지만
사실, 알고 있었습니다

식어버린 미역국 한 그릇만 남겨두고
축하한다는 말 한 마디 없이 나가버린 식구들은
오늘도 어제처럼 파김치가 되어서 돌아올 것입니다

그래도 환하게 웃으면서 내 손을 꼭 잡고
어서 미역국을 먹으라고 채근하시던 당신은
나만을 위해서 꼭 무언가를 더 감추고 있을 것만 같았습니다

그때는 그랬습니다
아마 당신이 살아 있는 동안 계속 그랬던 것 같습니다

생일이 돌아올 때마다 당신이 그리운 나는
별 까닭도 없이 일찍 일어나집니다

산에 가는 길

들머리에서
하늘을 가리고 있는 구름이
길을 내어주길 기다리면서 신발 끈을 조인다

산에서는 어디에서 오는지도
어디로 가는지도 묻지 않는 법이니
나그네여 묻지말고 그대의 길을 가시라

마음이 동하여 왔으면 이제부터는
발이 가자는 대로 가면 되는 것이 아니겠는가

힘이 들면 그 자리에서
바위가 되어도 좋다

계절마다 곁에서 꽃들이 피어날 것이니
꽃을 보러 다닐 필요도 없고

꽃을 찾아온 나비가 한 번쯤은 찾아 올 것이니
나비를 찾아다닐 필요도 없다

아, 차라리 절벽 끝자락 떨리는 꽃인들 어떠한가

비 오는 어느 날에 그리운 사람 그리워하다가
양털 같은 숲으로 추락하면 그만인걸

그것보단 낫지
그렇게 사는 것보다 백배는 낫지

바람의 소리를 들으러
구름이 열어주는 길을 따라 산에 가는 길

그리운 사람을 두고 와야 한다
풀잎들은 안다
두고 온 사람이 더 그립다는 것을

하늘로

나 이제 하늘로 돌아가려고

해가 지는 것을 기다리던 노을이
사라지기 전에
나도 이제 돌아가려고

살아서 다하지 못하는 인연인줄
미리 알았다면

이렇게 쉽게 떠나보내지 않았을 텐데

그대 떠나버린 다음에야
영영 못 돌아오는 것을 알아서

이럴 줄 알았다면 그대 따라 갈 것을
간다고 그렇게 쉽게 가 버릴 줄 알았을까

살아서 못 다한 인연
죽어서 더 오래 만나려고

그대 잠들어 있는
무덤가에 남은 술잔 마저 비우고

사랑하는 사람이여
나도 이제 하늘로
그대 곁으로 돌아가려고

맑은 날

새들이 노래하던 창가에서
내 등에 얼굴을 묻고
사랑한다고 속삭이던 사람아

간다는 말이 없이 떠났으니
이제 아무 아무 말 하지 말고 돌아와 주세요

새들이
높이 날아오르기 시작하네요

비가 그치고 하늘이 열리면
떠날 때처럼 그대 아무 말 없이 돌아와 주세요

아무 말도 듣고 싶지 않아요
지금 방문을 열어서 그대의 등을 보고 싶을 뿐

마른하늘에 시를 쓴다고
그리운 그대가 다시 돌아올까 싶지만

새들에게 눈을 맞추어

먼 하늘
그대에게 눈으로 편지를 써 봅니다

산동네

아직은 별들의 세상인 새벽
두부 장수의 종소리에도 아랑곳없이
방으로 들락날락하던 찬바람이

날숨을 따라 나오던
물방울 몇 개 잡아서 코끝에 얼려 놓고
오늘도 방안을 털고 다닌다

끊지 못하는 바람처럼 무서운 것이 없다지만
끊어지지 않는 역사가 더 무서운 것이라고

벽에 등을 기대고 앉아 혼잣말을 하면서
담배꽁초를 찾아서 불을 붙인다

자고 있다고 생각했던 아내는
장판 끝에서 알 수 없는 신음을 내며 뒤척인다

아침밥을 먹을 일 없는 우리는
두부 장수 부르는 소리가 지나간 뒤에 일어서면 되지만
오늘도 나갈 일보다 들어올 일이 더 걱정이다

마지막 한 모금을 벽에 맺힌 찬 이슬에 뱉고
아침이 오기도 전에 문을 열고 나서는데

아직까지 아무 말이 없던 아내는 구석에서 자고 있던
아이를 자궁 속에 넣고 있다

고양이의 꿈

발톱을 세우고 산으로 들어가던 고양이
살며시 몸을 낮추더니

짧은 호흡 한 번에
이제 막 춤을 추기 시작하는 무녀처럼

활처럼 굽은 등으로 긴 곡선을 그리면서
지면을 박차고 날아오른다

국경을 허물면서 춤을 추는 집시처럼
허공에서 활춤을 춘다

이 비행도 성공을 보장해 주지는 않겠지만
접시의 끝이라도 먼저 도달해야 한다

그동안 한 번도 불시착을 한 적은 없지만
접시는 기다려 주지 않았다

무슨 일일까
이렇게 많은 생선이 흐트러져 있는데 경쟁자가 없다

온몸을 팽창시켜서 혹시 모를 주변을 경계해 보지만
일정하지 않은 멧비둘기 소리만이 간혹 정적을 깬다

긴장을 풀고 생선머리를 핥으면서
어딘가를 떠돌고 있을 식구들을 부르지만 아무도 응답이 없다
눈물이 빗방울처럼 차갑다

비가 툭툭 떨어지는 산길
길고양이 몸을 일으켜 세우고 산으로 올라간다
호랑이가 되어서 살고 싶은 꿈을 꾸면서 산으로 들어간다

관계

새 가구를 들이면서 밖에서 서성거리는
바람도 얼른 들어오라고 문을 열었을 뿐인데

앞문을 여니 뒷문이 놀라고
뒷문을 여니 앞문이 고개를 돌려서 바라본다

동시에 두 개의 문을 열 수는 없지 않은가
두 개의 문을 열려면 어느 쪽이든
한쪽 문을 먼저 열어야 하는데

바람이 들어오는 일은 상관없으니
두개의 문은 서로 먼저만 열어 달라고 덜그럭거린다

바람은 새 가구가 들어갈 자리를 보아 주러 온 것이라서
문들이 상관할 일은 아닌데

나는 바람에게 이야기하고 있고
바람은 나의 형편을 들어 주고 있는데

두 개의 문은 문밖에 서 있는 바람에게 귓속말을 걸면서
저렇게 등을 지고만 있다

두 개의 문보다 먼저 이 동네에 살고 있던 것은
사실 바람이었는데 말이야

오늘따라 더디게 일어나는 아침을 딛고
바람 따라 산책이나 나가야겠다

두 개의 문은 꼭꼭 걸어 둔 채로

꽃사랑

그대 창가에 핀 꽃 한 송이
몰래 꺾어다가

술잔 옆에 두고
사랑가를 불러 봅니다

그대를 닮은 꽃잎에 내 눈물 떨어지면
그대의 방에 빨갛게 꽃으로 피고

그 꽃에 그대의 눈물이 한 방울 떨어지면
내 방에서 하얀 꽃으로 피어나겠지요

두 꽃이 예쁘게 피어나면
지는 꽃 염려하지 않도록 곁에 두고 싶어요

그대의 곁에 내 곁에
빨갛고 하얀 꽃을 두고 있으면

긴 세월 가는 동안에
우리의 사랑도 꽃처럼 피어나겠지요

그 꽃이 진다해도 우리들 가슴 속에는
영원히 지지 않는 꽃 한 송이가 피어있을 겁니다

그대의 창가에서 몰래 꺾어 온 꽃 한 송이
내 방 술잔 옆에서
그대의 눈이 되어 나를 바라봅니다

그릇

진열장에 갇혀 있던
그릇들이

낡은 사진첩 안에서
덜그럭거린다

한때는 논두렁에서
온 동네를 먹여 살리던 그릇이

지금은 꼭 닫힌 유리문 안에서 입을 닫고
아무것도 담지 못하는 벙어리로 살지만

한때는 지치고 병들어서
소달구지에 매달려 다니면서도
해도 달도 별도 담아서 가지고 다녔다

소금쟁이라고 소금을 배불리 먹을까
늙어서 이가 빠지고 살이 몇 점 떨어져도
몸을 기울여서 살면 된다면서
그릇은 먹지 않아도 되었다

자식들 먹는 것만 보아도 절로 즐겁다던
사진 속의 어머니가 파안대소하는데

접시는 그렇다 치고
나는 왜 지난 사진들을 보면 눈물이 나는걸까

해당화

나를 찾는 사람은 마당 한가운데에서
눈물만 흘리고 있는데
나는 절 뒤에 숨어서 손가락만 세고 있습니다

비를 맞으면서 울고 있는 저 사람이 돌아갈 때까지
나는 스님이 시키는 대로
뒷마당에 숨어 있어야만 합니다

그 사람이 흐느끼는 소리를 들으면서도
어서 저녁이 오기만을 기다리면서

비에 맞아 속절없이 무너져 내리는 흙담을
바라보고만 있습니다

이렇게 태어날 줄 미리 알았다면
사랑하는 사람보다 먼저 태어날 것을

스님의 목탁 소리가 들리는 것을 보니
그 사람이 돌아간 것 같습니다

해당화 꽃을 따서 뒷짐에 숨기고 있던
스님의 목탁 소리가 산을 울립니다

목탁 소리에 가려진 스님의 울음소리도
간간이 흘러나옵니다

수정봉

동서로 갈라진 땅의 경계선에서 찾아오는 사람마다
따뜻한 차 한 잔에 산의 이야기를 녹여 내어 주던 사람

그 사람이 그리워져서
담배 몇 갑 사들고 그 자리를 찾았습니다

넋을 잃고 폭포를 바라보던 나에게
담배 한 갑 던져 주고
바람 부는 산등성이로 떠나버린 이 땅끝의 주인

그 사람 죽어서 산에 묻히기 전에
나, 이제 어디로 가야 하는지 알고 싶어서
그가 살던 산속을 다시 찾아왔습니다

쪽빛 수정의 행렬이 바다에서 산으로 이어지는 곳에
숨어있는 산사람들의 안식처

그 사람의 안부를 묻는 내 손을 잡고
새로운 주인이 산사람의 인사를 합니다

그에게도 어디에서 왔는지 묻던 그 사람은
간단한 인사로 긴 이별을 하고야 말았답니다

산에서 살다가 산으로 가 버린 사람
막걸리 한 잔 따라 주고 가라면서 눈시울을 적시는 그의 얼굴이
그 사람을 꼭 닮았습니다

우리는 이렇게 이별을 하고 이렇게 만나고
또 이렇게 헤어지나 봅니다

산에서 영영 떠나지 말라고
술 한 잔 곱게 산 물에 부어 그에게 전하고
계곡에서 술을 마시는데
해를 붙잡고 있던 저녁이 길을 재촉합니다

하모니카를 부르면서 먼 산을 바라보던
그 사람이 너무 그립습니다

동쪽을 바라보던 그의 눈에는 바다가 있고
그 바다 한가운데에 산이 있고 눈물같은 수정봉이 있습니다

간이역

바늘 하나만 없어져도
온 동네가 시끄러운 산골

간이역에는 행선지를 묻는 목소리들이
하나씩 늘어나고

순서 없이 늙어버린 보따리들이 삼삼오오
아랫마을 소식을 수군덕거린다

아까부터 갈 테면 가보라고 소리를 지르던
한쪽 눈이 먼 사내는

어느새 계단에 앉아 눈물짓는 여인의
치마 끝을 붙잡고 있고

반으로 굽어진 허리를
한 번만 안 아프게 들어도 소원이 없겠다는 노파는
구겨진 종이를 들고 역장에게 길을 묻는데
등에 지고 있는 보따리가 마을 하나만큼이나 무겁다

아직 기별이 없는 기차를 기다리는
산보다 인정이 더 깊은 마을

플랫폼에는 삼색등이 꺼져 있고
강아지 두 마리가 신발을 물어다가
난롯가에 숨겨 놓고 의뭉스럽게 먼 산을 바라본다

사당

꽃 같은데
아무리 살펴보아도 가녀린 꽃잎인데

사내들 마음을 흔들어대다가
여인네들 눈물 사이사이에 박히는
비명소리로

장마당 명석 위에서
어머니의 장고 리듬에 맞추어
찢어질 듯 온몸을 흔들어 한탄가를 부른다

화채를 받아 든 모갑이는
오늘밤 베개 순서를 정하면서 시시덕거리는데

너는 사람들의 품 안에서
웃는 얼굴로 울면서 춤을 춘다

어머니는 알지만
아버지는 누군지 모르는
바람이 던져 놓고 가 버린 꽃잎 하나

흔들리는 꽃이라도 좋다
다시 태어날 수 있다면
바람 부는 언덕이라도 좋겠다

한곳에 오래 머물러 살아라
너를 사모하여 찾아들 나비가 있다

흔적

허구한 날
그렇게 가려면 흔적도 모두 지우고 가라고 하는데
나는 이미 지우면서 살고 있어서

이곳에 남아있는 것들은 지울 수가 없거나
지워지지 않는 것뿐이야

어쩌면 지우지 말아야 할 것까지도
모두 다 지워 버린 것은 아닌지도 몰라

그래서 예정된 시간보다 더 많은 삶을 살고도
아직 새로운 꿈을 꾸고 있는 것인지도 모르겠어

이미 죽는 연습을 많이 해 봐서인지
죽음에 대한 욕심도 없어진 것 같고

혹시 지워야 할 것보다 더 많이 지워 버렸기 때문에
새로운 꿈을 꾸어도 되는 것은 아닐까

오고 가는 것은 내 주장이 아니라는 것을 잘 알고 있기 때문에
살아 있는 동안에 더 많은 꿈을 꾸려고 해

더 지우라는 말은 더 많이 남겨 두라는 뜻이 아닐까
세상에 남겨둔 흔적이 어찌 나만의 것일까

꽃 방울

언제부터 이런 모습이었을까

아무도 보아주지 않는다고 착각하면서
지나가는 바람에게 비의 소식을 묻더니

고개를 숙여
꿈에서 본 꽃 방울이 되어서
연못 위에 낙하하는 상상을 하는데

바람의 끝을 잡고 몰래 따라온 비가
살며시 꽃등에 내려 앉아 말을 건다

이제는 고개를 숙이지 않아도 된다고
부드럽게 말을 전하는 비를 만난 꽃

말라버린 이파리를 털어내고
한순간에 환한 얼굴로 꽃 방울이 되었다

하늘에는 꽃비가
연못에는 꽃 방울이 가득한 오후

나비가 그려주는 하늘 길을 따라서
소금쟁이가 꽃잎을 박차고 날아간다

들판에서

죽는 날까지 함께하자면서
술잔을 돌리더니
냉정하게 흩어져버린 사람들

그들의 미소가
송곳처럼 차갑게 몸으로 박혀오는 들판에서
툭툭, 발끝으로 땅을 고른다

아무도 없는 이 자그마한 세상의 중심에서
혼자 네 개의 그림자로 뻗어있는 나

들판을 넘어서
땅 끝까지 덮어 버리고 싶은데

정오의 태양은 그림자를 데리고
한쪽으로만 길어진다

떠나는 사람은 항상
다시 돌아올 것을 염두에 두고 있다는 것을 그들은 모른다

들켜버린 궁색한 마음 따위야
모르는 척 돌아서면 그만이겠지만

사람들이 사라져가는 세상에서
나마저 들판을 외면 할 수는 없다

누구나 같은 인생을 살지는 않고
그렇다고 다른 인생을 살지도 않는 법이니

세상의 일이라는 것이
아무도 보아주지 않는다고
아무것도 아닐 수는 없지 않은가

지금은 들리지 않지만
울고 있는 것은 짐승만이 아니라서
낙엽 몇 장으로 저 들판의 소요를 영영 덮을 수는 없는 것이다

전봇대

사실은 나도 한때는 그럴싸한 여자 하나 옆에 끼고
사방을 호령하는 천하대장군이나

폼 나게 선글라스를 끼고
몽마르트의 유서 깊은 수제품 가게 안에 앉아서
사람들의 눈길을 사로잡는 꿈을 꾸기도 했었는데

정신을 차리고 보니 어느새 다리는 땅에 묻히고
머리는 전신줄에 꽁꽁 묶인 채
전봇대라는 명찰을 달고 좁은 골목길 제일 구석에 멍하니
서 있네

더구나 이 동네 전봇대들은 신식 옷차림을 하고서
세련된 자세로 큰 길에 진짜 폼나게들 서 있으니
아닌 밤중에 자다가 봉창이라고 봉변도 이런 봉변이 없다

그렇지만 어쩌겠어
남들보다 주어진 자리는 구석지고 행색은 비록 남루하지만
어찌 보면 이 궁색한 몰골로 서 있기에 적당한 자리 일 수도
있으니

지금은 왜소하지만 이 비좁은 골목길이 몽마르트 언덕이고
대갓집 한마당이라고 생각하는 수밖에

하긴 나 아니면 이 골목길은 사라졌을지도 몰라
그리고 볼품없는 검은색이라 초라하긴 하지만
우비라도 입혀 주었으니 다행이지

그런데 저 십자가들은 산산조각이 난 몸으로 뿔뿔이 흩어져서
밤낮으로 손짓만 하고 있는데
아마 서로 만나기는 어려울 것 같아

나는 그냥 이렇게 서 있으면 될 것 같아
아무도 관심을 주지 않는 어두운 곳이지만
나 없으면 아마 이 길도 이 동네도 없어질 것 같아

이렇게 나를 믿고 기다리는 사람들과 살다보면
언젠가는 다시 몽마르트의 언덕으로 갈 수도 있을거야

비 온다

세월

나는 주씨 성인데
이씨 성 집안 내력을 배운다

동인 서인 노론 소론이 모인
역사책에는

붕어들만 가득
붕당 붕당 하는데

세월,
저는 제멋대로 오고가고 하면서
가만히 있는 나보고
왔다 갔다 한단다

천년이 지났어도
나는 여전히 주씨 성인데 말이야

참새

난다
날아간다

낮은 하늘에
장조와 단조를 그리면서 날던
참새 두 마리

풀잎을 깨우고 꽃을 피우면서 작은 숲에서
지휘를 한다

참새가 그려 놓은 리듬을 따라서
꽃들도
덩달아 오선지 위에 피었다

세상을 작은 음악회로 만들어 놓은
참새 두 마리

난다
날아간다
나무 위에서 하늘을 타고 날아간다

하루살이

그런 줄만 알았어요

그대, 하루 종일 창가에서 서성대던 이유를
밤이 오기 전에는 몰랐어요

기다리는 사람이 오지 않아서
소식이 없는 사람이 염려 되어서
그렇게 조바심을 내는 줄로만 알았는데

해가 지기 시작해서야
그대가 살아온 시간보다 살아갈 시간이 너무 짧다는 것을
알았어요

하고 싶은 말이 너무 많은데 무슨 말부터 해야 할지를 몰라서
그렇게 동분서주했다는 것을 이제야 알게 되었어요

그대, 얼마나 슬프게 창가를 날아다녔는지도 모르고
아니면 더 높은 곳에서 잠깐만 더 살아보고 싶었는지도
모르겠어요

그대는 돌아갈 자리를 보고 있었는지도 모르는데
나는 그대가 행복해서
너무나 행복해서 창가를 날아다니는 줄만 알았어요

그런 줄 알았다면 창문이라도 열어줄 걸 말이에요
그대가 질식해서 죽어 가는 줄도 모르고
나는 그저 수명이 다한 줄로만 알았어요

미안해요 나는 그런 줄만 알았어요

부두

깃발들이 시위를 하면서 정박할 자리를 찾는 이른 아침
어부들은 손가락질을 하거나 손가락을 꼽거나 고단한 손가락으로
육지와 교신을 하고

그물을 손보던 여자, 수협 앞에 서있던 여자, 밥을 짓던 여자들이
동시에 바다를 향하여 손을 흔든다

발동기들이 하나씩 숨을 죽이고
일상을 다시 찾아온 여인들의 손에는

달포간의 외로움을 해장술로 달래고 집으로 돌아가는
사내들의 굵은 손가락 하나가 잡혀있다

그들이 그러한 것처럼
어창에 얼어 있던 물고기들도 자유를 찾아 쏟아져 나오고
부두는 천천히 종적을 감춘다

재 하나만 넘으면 비로소 잠에서 깨어날 시간

본명 대신에 선명으로 이름을 바꾼 여인들이
색색 치장을 하고 다시 하루를 시작하는데
바다는 입을 굳게 닫고 있다

바다가 만들어 주는 세상에서 비밀스럽게 열리는
그들만의 두 번째 하루

로또

아직 잘 있는지

새벽 다섯 시에도
나는 너만 생각하는데
오직 너 하나만이 그리운데

이 애타는 마음을 전할 길이 없어서
속이 타고 문드러진 적이 한두 번이 아니다

내가 너를 사랑하는 만큼 너도 나를 사랑하는지
지금 당장 물어 보고 싶지만

우리는 정해진 운명이라서
가까이 있지만 그날이 오기 전까지는
사랑을 확인할 수가 없다

오직 너 하나만 생각하면서 그날을 기다리는
내 가슴은 두근거리는데

혹시 너도 나를 사랑한다고 하면
숨이 멎을까봐 두렵고

아니라고 하면
훗날의 인연을 기약하면서
너를 통째로 뒤집어서 책 속에 넣곤 했었다

태어나서 너보다 사랑한 것이 없고
너만큼 속정을 준 것도 없다

그런데도 늘 도도한 너
나는 평생 너를 그리워만 하면서 살 것 같다

마누라

식전부터
청구서들을 모으더니

확,
아무것도 하기 싫단다

비좁은 버스 안에서 이리저리 흔들리며
내가 지켜야 할 사람
네가 기대야 할 사람이라고

우수에 젖은 문자를 보냈더니
머리가 아프단다

혼잡한 마음에 공원을 돌다가
찌개 끓여 놓고 나왔다고 문자를 보냈더니
살기 귀찮다고 잠이나 잔단다

은행에 가서 모아둔 비상금으로
송금을 했더니

머리도 안 아프고 사는 것이 재미있고
나이 들어서 호사한다고
하트가 다섯 개나 달린 답장이 온다

나도 가끔은 엄마가 보고 싶다

앞바퀴

왼쪽으로 가고 싶은데
오른쪽으로 가고

오른쪽으로 가고 싶은데
왼쪽으로 가고

살이 까지고 뼈가 부서져도 비명 한 번 못 지르고
손잡이가 가라는 대로 갈 수밖에 없는 나

눈비가 섞어 치던 어느 날
죽어 버리면 뒷바퀴로 태어날 수 있을까 싶어서

뾰족한 돌로 자해를 했어
마구마구 나를 찔러댔어
그리고 길가에 누워 버렸어

아, 나는 죽어야 쉴 수 있구나
이제 죽을 수 있겠구나

그런데,
10분 만에 다시 살아나서 이렇게 또
뒷바퀴가 밀어 대는 곳으로 정신없이 가고 있어

나,
다시 태어나면
집시의 자식으로 태어나서
어디든 딱 한 번만이라도 내 마음 가는 곳으로 가고 싶어

밀지 마
그만 밀어

여보

늙는다고
주름진다고
죄 없는 세월을 탓하지 마소

늙어갈수록
나는 당신 얼굴을 보면
술맛이 더 나니

이 아니 고마울까

뒷바퀴

남들은 어떻게 생각 하는지 모르겠어

처음부터 그렇게 태어났으면
그 자리에서 그렇게 살아야 하는 것인가
아무도 나에게 물어보거나 궁금해하지도 않아

그들은 그렇게 생각하겠지만
사실은 앞에 가는 너를 추월하고 싶었던 적이
한 번도 없었던 것은 아니야

내가 너를 보면서 힘을 얻고 살아가는 것처럼
너도 나처럼 나를 보면 힘이 날까봐
가끔은 너를 추월해서
너에게도 나의 모습을 보여주고 싶어

그래서 안간힘을 더 내보기도 하는데
도무지 어쩔 수가 없네

아무리 힘을 써 봐도 나는 항상 너의 뒤야
그것도 단 한 치도 가까워지지 않아
어떻게 이럴 수가 있지

아니,
생각을 해봐

너는 죽어 가면서도 앞장서서 나를 데리고 가 주는데
나는 너의 뒤에 숨어서 편하게 가고 있잖아

남들은 내가 아무 생각이 없는 줄 알지만
네가 나를 살게 하는 것처럼
나도 너를 살게 하고 싶어

이러다가 내가 먼저 죽으면 어떡해
너에게 너무 미안하잖아

평생을 아무 일 없이 늙다가 죽기보다는
죽고 나서 늙고 싶어

단 한번이라도 너에게 나를 내어줄 수 있다면
나, 죽어서라도 네 앞에 서고 싶어

다들 내 마음을 몰라주겠지만
너만은 알아주었으면 좋겠어

너만 알아주면 나는 괜찮아
그들이 아무리 그런다고 해도 말이지

백수

어차피
부칠 곳도 없었으면서

마치 사랑하는 사람이라도 있는 것처럼
밤새 눈물이 뚝뚝 떨어지는 편지를 써서 들고
이른 아침부터 서둘러 길을 나선다

일부러 천천히 걷지도 않고
긴한 연락을 기다리는 사람처럼
수시로 휴대폰을 바라보지만

사실은 갈 곳도 없고 올 연락도 없다

지구는 둥글다니까
어디든 가다보면
언젠가는 다시 돌아오겠지

오다가다 하다 보면
이 능글맞은 외로움도 갈팡질팡하다가
언젠가는 떨어져 나가버리겠지

동장군도 한번에는 안 가고
쉬이 오는 봄도 없다더라

흔들거리다 보면
나도 언젠가는 갈 곳이 생기겠지

들병이

산기슭을 떠돌다가
제풀에 주저앉은 바람처럼

이놈 저놈 품에 안겨
희롱을 하다가 통곡을 하다가
꺾기고 자지러지더니

혼자 일어나서
치마를 휘감아 올리고

바람을 앞세워
맨발로
산길을 걷어차면서

젖먹이가 기다리는
마을로 행차하는 들병이

눈물을 삼키면서
칼도 없이 손사위 춤을 춘다

들병이 나가신다
꽃 치워라

들병이 나가신다
꽃 치워라

발바닥

그대의 몸에서 흐르는 땀이
발가락 사이로 스며들 때

나는 바닥에 얼굴을 묻고서
제발 숨 좀 쉬게 해 달라고 사정해 보지만

막혀버린 입으로는
아무 말도 할 수 없고

가끔 한 번씩 발을 들어주는 아량에 그저 감읍해서
옆에 엎드려 있는 쌍둥이 형제를 한 번 쳐다 볼 뿐

다시 얼굴을 바닥에 대라고 해도
한 번도 거부한 적이 없는데

너의 몸무게를 견디면서
평생을 너만을 믿고 순종하면서 살아온
나,
이렇게 살아도 되는 것일까

터지고 붓고 늘어진 얼굴로
너랑 이렇게 살아야만 하는 것일까

막차

밤은 얼마 남지 않았는데
버스는 아직 기약이 없고

정류장의 노란 줄에 서 있는데
잊고 있던 것이 생각나서
허리띠를 조금씩 푼다

숨을 천천히 내쉬면서
호흡을 가다듬는데
방광이 절규한다

다리를 꼬면서 대오를 빠져 나왔다

후미진 골목 끝
두리번거리면서 근심을 풀고 있는데

창문이 열린 막차가
시원스럽게 달려 나간다

어차피 만나지 못할 인연인 줄도 모르고
성가시게 찾아다니고 기다린 죄가 커서
이렇게 살고 있나 보다

네가 떠나 가버린 이제서야
나도 연연의 끈을 놓는다

난데없는 오르가즘에 눈물이 찔끔 거리고
아랫동네가 따듯해온다

어느 비 오는 날

연두에 덮여있는 먼지를
누가 벗겨 주었으면 하고 생각만 했고
아직 말은 꺼내지도 않았는데 툭 툭 비가 내린다

긴 빗줄기가 백 개, 이백 개, 삼백 개
아, 셀 수가 없다

빗줄기들 사이로 눈을 넣어서 마른 공간을 찾아
그 땅에 서 보고 싶다는 상상을 하는데
더 굵은 빗줄기들이 커튼처럼 시야를 가린다

일 분, 이 분, 삼 분, 빗줄기로 가려진 공간들이 젖었을까
아니면 비에 젖지 않으려고 공간이 좁아졌을까

밖을 또렷이 응시하다가 애가 닳아서 의자를 창가에
밀착시킨 채
아까의 그 공간을 찾는다

아직 젖지 않았다면 지금쯤 뛰어나가서 우산을 펴면
나 하나쯤 설 수 있는
온전하게 비를 맞지 않은 공간이 있을 수도 있지 있을까

서둘러서 계산을 마치고 두개의 유리문을 지나
밖으로 나가보니 빗물이 흙을 없애버렸다
디딜 공간이 없다

내가 설 수 있는 공간은 바닥이고
공간은 빗줄기로 나누어지지 않는다

선선한 바람이 머리를 툭 치고 지나간다

까치

너무 높은 곳에 집을 지었나

지나가던 새벽바람이 쓸데없이 힘을 준 탓에
간밤에 보수한 벽이 또 무너져 버렸다

마른가지를 찾아서 배고픈 날개를 재촉하여
하늘로 올라간다

지붕이라도 만들걸,
허술한 집에서 홀랑 벗은 채로
어미 품을 파고드는 자식들을 보니 억장이 무너진다

나뭇잎을 모으던 옆집 마누라가
숭숭 뚫린 구멍으로 집안을 훔쳐보더니
가재 눈을 하고 날아가 버린다

팔이 부러져라 날갯짓을 하면서
온 동네를 활공한다

이 세상에
외로운 것이 어디 나 하나뿐이랴

하늘이 따뜻한걸 보니
여름이 장마보다 먼저 올라나

얼굴이 따끈하다

와락

기억이 안 나

도무지
기억이 안 나

분명히
멀리 있어야 하는데

너는 분명 멀리 있어야 하고
나는 너를 잊었다고 생각 했는데

철새마저 모두 돌아가 버린
빈 벌판에서

왜 이곳에서
네 생각을 하고야 말았을까

나는 왜
이렇게 간절하게 허공에 손을 내 젓고 있을까

네가 없는 세상이라서
하늘이라도 안아 보려고 하는 것일까

와락

발톱

언제부터인지는 모르지만 항상
탈출하고 싶었던 발톱이 일어선다

정작 질식할 것은 발톱 밑에 박혀 있는 때 일지도 모르는데
왜 발톱이 숨이 막히는 것일까
무엇 때문에 발톱은 가려워서 죽을 것 만 같은 것일까

허구한 날 육체의 끄트머리에서 피의 행렬을 막아 돌려보내면서
정작 빠져 나가고 싶은 것은 나였노라고

내 전부를 흔들어 대는 가려움 때문에
통째로 잘려나가고 싶은 적이 한두 번이 아니었다고
하소연을 하면서도

연고도 없이 들어와서 잠든 척 뒤돌아 있는 때를
하나씩 하나씩 밖으로 밀어내는 일을 반복하더니
드디어 분연하게 일어선다

때로는 가려움이란 것이 통증보다 더 감당하기 어렵다는 것은
일어서 보면 안다
가려우면 일어서 보면 안다

태어난 자리에서 부서지고 잘려 나가야 하는 운명을 뒤로하고
발톱이 힘차게 일어섰다

남아있는 발톱들의 환호성
나는 이렇게 죽지만 너는 발톱도 없이 때만 자빠져 있는
피폐한 발가락일 뿐이다

누군가의 발톱으로 태어나서 다시 한번 더 죽고 싶다
아, 이렇게 통쾌하게 죽을 수 있다니

어떤 하루

이럴 줄 알았으면

차라리 아침에
깨어나지 말걸

내 것인데
내 마음대로 못 사는

한 됫박도 안 되는
가벼운 하루

까짓,
날아가 버리라고

바람이 지나가는
저녁 길가에 버려두었다

가,

도로 주워 넣었다
낮술 안주로 손색이 없다

똥배

고기국수에 딸려 나오는
막걸리 한잔에

들숨에도 나오고
날숨에는 한발 더 나가서
늘어질 대로 늘어지더니

오줌 누러 가는 길
엉덩이보다 더 씰룩거리는 교태가
터무니없다

그나저나
오줌이 마려운데

고추를
찾을 수가 없으니

여보,
거 너무하는 거 아니오

해방

그녀와의
약속 시간은 다가오는데
전화를 끊을 수가 없다

2층 복도에 걸린 공중전화에서
악을 쓰는데
회전문으로 예쁜 그녀가 들어온다
전화기를 던지고 아래로 굴러 내려간다

숨이 턱에 차고
가슴은 벌렁거리지만
30분전에 도착 한 것처럼 점잔을 빼고 앉아 있어야 한다

내 곁에 앉아서
어젯밤 안부를 묻는 그녀가 돌연
어머니의 허락을 받지 못했다고

그저께 밤 신음소리처럼
울면서 나가는데

낡은 자전거 안장위에서
샐룩거리는 엉덩이가 귀엽다

나도 이제 해방이다

꽃비

비가 꽃처럼 내리던 봄날

너는 당연히 산에 있어야 한다는
어설픈 짐작만으로

강가에서
표류하는 이유를 묻지도 않고

섣불리
건저 올린 탓에

너는 지금 내 곁에 없지만
나는 아직 네가 그립다

너 아니면
내가 어떻게 그리움을 알았을까

이럴 줄 알았다면

산이 아니더라도
꽃밭이 아니더라도

있는 그대로 둘 것을
그냥 그대로 두고 바라만 볼 것을

북한강

길게 늘어선 새벽안개를
주섬주섬

손에 들고 머리에 이고
발로 걷어차면서
물에게 길을 열어 준다

멀리 가라고
머물러 있지 말라고

어차피 가야 할 사람에게는
다가갈수록
마음만 허물어질 뿐

서쪽으로
흐르고 싶어 하는 물은
동쪽으로 갈 수가 없다

강가에 몸을 맡기고 잠시 머물러 있던 물이
유영을 시작한다

부스러진 안개만 남아 있는 강가
아직 해는 보이지 않는데

내가 아는 물은
어느새
흔적도 없다

후회

지면에 닿지 않는 다리를
허공에 애타게 휘두른다

밧줄 끝에 매달린
심장도 얼어 버려서

오르지도 내리지도 못하고
바위에 붙은 채로
후회를 한다

잠시 후 두 팔에 힘이 빠지면
막걸리에 취해버린 몸은 거덜이 나 버리겠지

나무에 걸린 목숨은
이미 내 것이 아니라서

안달복달
한 시간만 뒤로 돌아가게 해 달라고
돌아가신 조부모를 찾아서 바둥거리는데

갑자기 환해지는 시야

가지 말라는 길을 가버린 죄인이
넓은 바위 끝에서
빈 막걸리 통을 안고 누워 있다

봄바람이 코끝을 살랑거린다

봄

봄 따위야
계절을 따라 다니다가
제 차례가 되면 저절로 나서는 것인데

무슨 대단한 일을 한다고
동구 밖까지 마중을 나가나

꽃은
호사를 다하고 잠시 쉬고 있다가

때가 되면
저절로 피어날 수밖에 없는데

무슨 세상을 밝게 한다고
호들갑을 떠는 것인가
그저 봄이 오면 피어 날 수밖에 없는 것을

아, 그렇구나
봄이로구나

꽃이 지고서야 알았다
여름이 오고 나서야 알았다

숨어있는 모든 꽃들을 세상 밖으로 피워 내던 것이
봄이로구나

바로, 봄이었구나

토지

씨를 뿌릴 수 없는 땅은
점점 늘어만 가는데

여자는
뒤주에 쌓인 먼지를 털어 내면서
연신 헛기침을 날리고

헛간에 앉아 똥을 싸던 사내는
저린 다리를 끌고 사립문을 밀고 나가면서
뒤통수로 말을 한다

우리가 언제 배불리 먹은 적 있더냐고

거대한 지주의 그림자가 집을 삼키면서 다가오는
그믐날 밤이면

소작료 대신 지불할 것이라곤
폐병 걸린 마누라밖에 없는 사내는

허락 없이는 씨를 뿌릴 수 없는 땅에
고개를 묻는데

영문을 모르고 쫓겨 나온 아이들이
그의 손을 잡고 서러워 운다

꽃

내가 늙은 것일까

아니면
꽃이 더 붉어진 것일까

눈으로만 보이던 꽃이
마음속으로 들어온다

어디에서 무엇이 다가오고 있길래
이렇게 설레는 것일까

다시 사랑할 때가 된 것일까
아니면
사랑할 사람이 다가오고 있는 것일까

나는 아직도 사랑을 모르겠어서
두근거리는 마음을 어쩔 줄 모르는데

왜
꽃은 저렇게 붉게 피어있는 것일까

가을아

가을아
얼른 가라

올 때마다 이럴 거면 차라리
얼른 가라

네가 토해낸 저 붉은색보다 내 마음이 더 깊어서
깊어진 만큼 더 아프다

유복자도 아니고
같은 배 속에서 태어난 넷 중에서
너 하나만 뺄 수도 없으니

지금까지는 어찌 할 수 없다 치고
올해는
그냥 돌아가라

가을아
얼른 가라

별

창가에 누워서
밤하늘을 보다가

유난히 밝은 별이 하나 반짝거리길래

하늘이 맑아졌구나 하고
돌아눕다가 생각해보니

아
너로구나

별이 아니라
네가 내려다보고 있는 것이었구나

나 아직 살아 있다고
보아 달라고

그렇게도 유난히
반짝이고 있었던 것이었구나

매일 내 방 창문을 따라 다니던 별이
바로 너였구나

돼지 저금통

돼지 저금통의 배를 갈랐다

터져버린 배에서 쏟아져 나온 동전을 보니
질긴 목숨이 원망스럽다

생사여탈권이 타인에게 있는 세상에서는
불만이 있는 자들이나
불만이 없는 자들이나
온순해져야 산다

항명이라도 하는 날에는
고스란히 목숨을 넘겨줄 수밖에 없다

의사보다 더 의술을 알고
변호사보다 더 법을 알고
은행원보다 더 돈을 알아야 한다고

놀리면서 떠들어대는 티브이 앞에서
치밀어 오르는 분노를 삭이면서

오래도록 암흑에 갇혀 있던 동전들을
닦아서 도로 넣고 테이프로 봉합수술을 하는 나를

돼지 저금통이 바라본다
보고 웃기만 한다

가을비

가을은 이미 와 있는데 왜 장미는 지기 싫어 하는 것일까

온기가 남아 있는 지면에 떨어지는 비를 바라보던
장미가 고개를 숙이던 날
밤이 오기를 기다려서 술집을 찾아 들어갔다

오선지에 실린 그리움이 벽마다 자욱한 밀실에서
노랫소리는 담배연기를 따라서 문틈으로 빠져 나가고
허전한 공간은 빗소리로 채워진다

그리움과 외로움이 물씬한
벽에 기대어 술을 마신다

우산에 묻은 비를 털어내던 차가움은
술 몇 잔에 이미 녹아 버렸고

우산꽂이에 꽂혀 있던 우산들이 하나씩
들어올 때와 다른 손에 이끌려 나가는데

오래 안 사람들처럼 그들도
같은 우산 속으로 들어간다

비가 그치고
주인을 못 찾는 우산 하나가 남을 때까지
나는 기다릴 수밖에 없다

너를 만날 때까지
가을비는 아직 많이 남아 있다

호랑이

하릴없이 어슬렁거리다 보니
옛 고향이 그립다면서
멀리 도회지에 사는 벗이 부르는 소리가 들린다

추운 곳에서 혼자 살지 말고
큰길에 나와서 누워 있으면
자동차로 모셔 간다고

이산 저산 뛰어다니기가 귀찮아서
모르는 척 잡혀 주었더니
상전 모시듯 해 주긴 하는데

방안에서는 마음대로 해도 되지만
마당에서는 돌아다녀야 하고

가끔은 침 뱉고 욕도 해 달라고
엉뚱한 요구도 하긴 하지만

까짓것
병신 쪼다라고 웃으면서 낄낄거려 주면 된단다

잘 지내라고 말해 주고 하품 한 번 했더니
온 산이 시끄럽다

곳간 털어먹은 도적놈이
꼬리가 밟힐 줄 모르는 것처럼

꿩 한 마리가
눈밭에 머리를 박고 있다

오늘도 포수들과 숨바꼭질 놀이 하다가
한 번쯤 놀래 주고

낄낄거리면서
토끼 사냥이나 가야겠다

바람

왜 이런 모습으로 나타났을까

만나지 말아야 할 인연이라면
처음부터 알지도 말 것을

산 아래 절에서는
나긋하게 불어 꽃들을 살게 하더니

변심한 이유도 알려주지 않고
길을 막고 서서 닥치는 대로 잡아당기고 후려치다가
제풀에 겨워 운다

천년 나무조차 거센 폭풍을 맞으면서
넋을 놓고 휘청 거리는 산길

한 걸음만 더 가면
보일 것 같은데

한 걸음만 더 가면
날아갈 것 같은데

허리를 붙들고 있는 바람은
아직 나를 보내줄 생각이 없나 보다

나도 안다
떠나보내기 싫은 것은 바람만이 아니다
그녀의 눈물을 잊지 못하는 나도 그렇다

남산

해는 점점 꼬리를 감추고

꽃들은
아직 겨울잠에서 깨어날 생각이 없는데

한기가 버티고 있는 풀밭에 누워서
빛을 찾아 시계추처럼 도는 한 사나이

철사로 감겨 있던 겨울이
몸을 한 바퀴 돌릴 때마다
그의 몸뚱이도 초침처럼 바삐 돌아간다

사랑하는 사람은 미소로
그리운 사람은 눈물로 맞이한다더니

고작 이 한 사나이 때문에
가슴이 왜 이렇게 아픈지 모르겠다

살아 있어도 산 것 같지 않은
그의 옆구리에 지폐를 찔러 넣고 돌아서서
눈을 감고 걸었다

구질구질한 세상
날개가 없는 것이 한이다

변기

말 못 하는 자들의 서러움도 아니고
다들 할 말이 많은가 보다

내 방에만 들어 오면 여기저기 전화하고 문자질 하고
귀신 들린 것처럼 혼잣말도 하던데 사실,
억눌린 자의 고통에 대해서 너희들이 얼마나 알까

이리 눌리고 저리 눌려도
애써 태연한 척 해야 하는 비통한 자의 슬픔을 너희들이 알까

양쪽 엉덩이로 번갈아 가면서 눌리다가
두 엉덩이를 모아서 있는 힘을 다해서 누르고 또 누르는데도
눈물을 참으면서 버티는 심정을 알까

나를 보러 오는 너희들 때문에
아프고 힘들어도 아닌 척 언제나 그 자리에 있어 주는
나의 속을 알까

양심이 있으면 다 쓰고 나서 얼굴이라도 세워주던가
허구한 날 네 것만 세울 궁리만 하지 말고
너희들 때문에 엉망이 된 내 얼굴도 세워다오

게다가 나는 너희들의 모든 것을 알고 있는데
어제 먹은 것만 확인하지 말고
고해성사를 나에게 해야 하는 것이 아닐까

모든 것을 다 알고 있지만
차마 발설할 수가 없다

그렇다더라
살다 보면 알아서 좋을 것이 있고
몰라서 나쁠 것도 없다더라
그냥 묻고 가련다

볼일 보고 나가려거든 땀이라도 닦게
물이나 뿌려주고 가든가

울며불며 살려 달라고 할 때는 언제고
제 볼일만 끝나면 인사도 없으니
사람들이 그러는거 아니다

낮술

아카시아 껌 사러 들어간 슈퍼, 낯익은 얼굴이 불콰한 얼굴로 소주를 들이켜다가 나를 바라보더니 흠칫, 계면쩍은 표정이다. 인사를 하는 둥 마는 둥 데면데면 지나쳐서 카운터 입구에 있는 껌을 들고 점원에게 수작을 걸다 보니 이 여자 또한 뭔가 숨기는 것이 있는 것처럼 곁눈질하면서 피식거린다. 내가 아는 한, 지구상에서 이 여자의 얼굴이 제일 작다. 그래서인지 가끔은 이 사람이 제정신일까 아니면 어딘가 부족한 것은 아닐까 싶다가도 예쁜 얼굴로 생글생글 웃어주면 나도 모르게 껌 한 통을 더 집어 들고 농을 칠 시간을 연장할 수밖에 없다. 아마도 이 여자는 이렇게 매상을 올리는 것일지도 모른다고 생각하면서 아까 술을 마시던 남자를 찾는데 이미 나가 버리고 없다. "저 사장님 잘 아시나요? 일주일에 두어 번 와서 저렇게 혼자 술을 마시고 가요. 말을 들어보면 꽤 똑똑해 보이는데…" 그렇다 저 남자는 아마도 일류대학을 나왔지만 자기 뜻과는 반대로 가고 있는 세상을 비관하면서 변두리에 호구지책으로 슈퍼를 차려두고 있을지도 모른다는 생각을 하게 만들 정도로 똑똑하다. 여자는 이 남자가 바로 길 건너편에 슈퍼를 차려 놓고 마누라 눈을 피해서 종종 이 슈퍼에 숨어서 한 잔씩 하는 중이라고 방글거리면서 귀띔을 해준다. 사실은 나도 안다. 이미 오래전부터 알고 있었지만 이 남자의 행태를 관찰하고 있을 뿐. 굳이 속내를 실토하고 싶지 않아서 고개만 끄덕였다. 비밀을 알려준 것이 뭐가 그리 재미있는지 여느 때보다 말이 많아진 여자에게 오늘은 데이트 신청을 하면 받아줄지도 모르겠다는 생각을 하다가, 갑자기 남자가 궁금해져서 길 건너 슈퍼로 간다. 슈퍼에는 앞문과 뒷문이 다 열려져 있고 남자는 불이 꺼진 계산대 밑에서 빈 술병을 하나 더 들고 고꾸라져 있다. 사실, 말을 많이 섞지는 않았지만 나는 이 남자를 좋아한다. 이 남자 역시 나를 범상치 않게 생각한다는 것을 느낌으로 알았기 때문에 언제고 기회가 되면 같이 술이라도 한잔하고 싶었지만 이 남자가 술을 마시면 개차반인 것도 알기 때문에 주저하고 있을 뿐이었다. 남자를 일으켜 세우려고 몸을 낮추는 순간, 등 뒤에서 입에 담을 수 없는 욕을 동반한 카랑카랑한 목소리가 들리더니 웅장한 자태의 그의 마누라가 들어온다. 평소에는 사임당 저리가라 할 정도로 예의 바른 그의 마누라지만 이 여자의 심기를 건드리면 동네에서 살아남기 힘들다는 것을 나는 잘 알고 있다. 맨정신에는 세상이 보기 싫고, 취하면 마누라가 무서워서 계산대 밑에 숨어 있는 이 남자가 오늘따라 못내 가엽다. 이런 인생은 나 하나로 안 되나 보다. 사람 하나 죽일 것처럼 소리를 지르는 여자에게 아무것도 모르는 척 술 한 병을 사 들고 길 건너 슈퍼로 간다. 잠시 전, 이 남자처럼.